우리는
다시
만나고 있다

창비시선 400

우리는 다시 만나고 있다

초판 1쇄 발행 / 2016년 7월 27일
초판 6쇄 발행 / 2017년 1월 18일

엮은이 / 박성우 신용목
펴낸이 / 강일우
책임편집 / 강영규 이선엽
조판 / 신혜원 박지현
펴낸곳 / (주)창비
등록 / 1986년 8월 5일 제85호
주소 / 10881 경기도 파주시 회동길 184
전화 / 031-955-3333
팩시밀리 / 영업 031-955-3399 편집 031-955-3400
홈페이지 / www.changbi.com
전자우편 / lit@changbi.com

ISBN 978-89-364-2400-8 03810

우리는
다시
만나고 있다

박성우 신용목 엮음

창비

기억한다, 그러나

기억한다
벼랑 위에서 풀을 뜯던 말의 목선을
그러나 알지 못한다
왜 그토록 머리를 깊이 숙여야 했는지
벼랑을 기어오르던 해풍이
왜 풀을 뜯고 있던 말의 갈기를 흔들었는지
서럭서럭 풀 뜯는 소리,
그때마다 왜 바다는 시퍼렇게 일렁였는지
밧줄은 보이지 않았지만
왜 말이 묶여 있다고 생각했는지

기억한다, 말의 눈동자를
그러나 알지 못한다
말의 눈동자에 비친 풀이
왜 말의 입에서 짓이겨져야 했는지

오늘도 봄그늘에 앉아 기다린다, 또다른 나를.

창비시선 301 나희덕 시집 『야생사과』

그네

아직 누군가의 몸이 떠나지 않은 그네,
그 반동 그대로 앉는다
그 사람처럼 흔들린다
흔들리는 것의 중심은 흔들림
흔들림이야말로 결연한 사유의 진동
누군가 먼저 흔들렸으므로
만졌던 쇠줄조차 따뜻하다
별빛도 흔들리며 곧은 것이다 여기 오는 동안
무한대의 굴절과 저항을 견디며
그렇게 흔들렸던 세월
흔들리며 발열하는 사랑
아직 누군가의 몸이 떠나지 않은 그네
누군가의 몸이 다시 앓을 그네

시는 나를 가련히 여긴 어떤 이가
기별도 없이 보내준 소포 같은 것이다.

창비시선 302 문동만 시집 『그네』

백년 동안의 휴식

숲을 수색하던 무리들이 사라졌다 두번째 수색대가 파견되었다 세번째 수색대가 파견되었다 네번째 수색대가 파견되었다 다섯번째 수색대가 파견되었다 사라진 수색대의 인원이 파악되지 않았다 숲에서 찾던 것이 무엇이었는지 잊혀졌다 이따금 숲에서 새들이 날아올랐다 아무도 숲 속으로 들어가려 하지 않았다 아무도 숲 속에서 나오려 하지 않았다 그리고 겨울이 왔다 눈 쌓인 숲에서 발자국들이 걸어나왔다 발자국을 따라갔던 무리들이 발자국이 되어 걸어나왔다 계속해서 발자국들은 쏟아져나왔다 발자국 위에 발자국을 찍으며 어디론가 행진했다 아무도 서로를 알아볼 수 없었다 아무도 서로를 찾지 않았다 숲이 멀어지고 있었다

시인의
말

어쩐지 나는 모든 사람의 마술,
세상의 모든 마법으로 둘러싸여 있는 기분이다.

창비시선 303 강성은 시집 『구두를 신고 잠이 들었다』

봄이 아프다

꽃들이 파고들어와 내 상처를 물감 삼아 색(色)을 다투니
반도의 바닷바람은 생채기에 소금이라
만나지 못한 연인들은 내 갈비뼈를 퉁기며 울고
벚꽃잎 후르륵 떨어지면 고공의 난간에서 스르륵 가벼운
목숨들도 떨어져내리고
아비가 아이를 꺾고 아이가 할매를 꺾고 남자가 여자를
여자가 남자를 꺾고 꺾고 꺾고……
몇십년 전 끝난 4·19도 묘지 앞 피눈물로 나를 따라오고
또다시 오고

내 머릿속에 제 숟가락을 들이미는 상처의 허기(虛飢)로
인해 나는 나날이 아름답고
내 아름다움의 눈부신 빛 속에서 그대들은 살고 혹은 살
수 없어서 죽어간다

잊혀지는 듯하다 다시 돌아오고
잊혀졌다가도 끝내 되돌아오면서

창비시선 304 이선영 시집 『포도알이 남기는 미래』

사랑

글렌 굴드

침묵은
말 없는 거짓말,
내 귀는
거짓말을 사랑한다
살아야 하는 여자와
살고 싶은 여자가 다른 것은
연주와 감상의
차이 같은 것
건반 위의 흑백처럼
운명은 반음이
엇갈릴 뿐이고,
다시 듣고 싶은 음악은
다시 듣고 싶은
당신의 거짓말이다

얼마나 많은 씨앗의 악몽이 모여
해바라기의 표정을 만드는가.

창비시선 305 박후기 시집 『내 귀는 거짓말을 사랑한다』

뢴트겐 사진
생활

　나 자주자주 까먹어요 슬픔을 고독을 사탕처럼 까먹어요
여러 빛깔의 사탕처럼 여러 빛깔의 사랑을 까먹고도 나 배
고파요 나 배고파 어느날은 몰래 사내의 꽃나무 열매를 까
먹고선 까무룩 혼절해요 사랑은 혼절이 아니면 혼돈이에요
내가 틀린 걸까요? 나 자주자주 까먹어요 월요일을 예술가
를 부엌을 생활을 까먹어요 까먹어도 까먹어도 줄지 않는
고독 까먹어도 까먹어도 돌아오는 계절들 까먹다 까먹다
마침내는 나까지 까먹고 나는 그저 우는 아이의 막대사탕
같은 엄마예요 내가 틀린 걸까요?

시 인 의
말

내 슬픔에게 접붙인다.
감히 나는 이 가을이 너무 좋구나.
감히 나는 살아 있구나.
감히 나는 너를 사랑하는구나.

창비시선 306 안현미 시집 『이별의 재구성』

가시연꽃

자신의 몸 씻은 물 정화시켜
다시 마시는 법을 나면서부터 안다

온몸을 한장의 잎으로 만들어
수면 위로 펼치는 마술을 부린다

숨겨둔 꽃망울로 몸을 뚫어
꽃 피우는 공력과 경지를 보여준다

매일같이 물을 더럽히며 사는 내가
가시로 감싼 그 꽃을 훔쳐본다

뭍에서 사는 짐승의 심장에
늪에서 피는 꽃이 황홀하게 스민다.

'사회 속의 인간과 자연 속의 인간이
어떻게 조화를 이루며 사나' 하는 묵은 화두를
일용할 양식처럼 쪼아 먹고 있다.

창비시선 307 최두석 시집 『투구꽃』

꿀벌치기의 노래

내 가슴의 벌집 속엔 꿀 대신 피가 가득 고여 있지
귀 기울여봐, 검은 벌들이 잉잉대며
심장 속에서 날아다니는 소리를

밤이면
소리 없이 다가온 그림자가 내 가슴을 열고
벌집 속에 검은 피로 밝힌 등불을 켠다

사랑과 죽음에 대한 이야기는
이미 너무 많이 말해졌는지 모른다.
그럼에도 그것은 아직 전혀 말해지지 않은 듯하다.

창비시선 308 남진우 시집 『사랑의 어두운 저편』

태풍은 북상 중

물류창고 지붕 위 타이어를 보네
육중하게 방수막을 누르고 있네
창고 속으로 박스에 담긴 여러켤레의
신발들이 딸려들어가네

태풍은 북상 중이라는데
길이 유실되고 방파제가 붕괴되고
수백년 마을이 폐허가 되는
막대한 위력의 태풍이 오고 있다는데

이곳에는 타이어 아래
방수막 자락을 간신히 들었다 놓는
얕은 바람이 일 뿐
진열대에는 새로운 신발이 놓이네

상륙 중인 태풍과 한바탕 격전을 치를
타이어의 검은 몸체가
물류창고 지붕을 꽉 누르고 있네

토슈즈가 벗겨진 발끝이
여전히 펜촉 같았다고 하자

창비시선 309 이문숙 시집 『한 발짝을 옮기는 동안』

무허가

용산4가 철거민 참사 현장
점거해 들어온 빈집 구석에서 시를 쓴다
생각해보니 작년엔 가리봉동 기륭전자 앞
노상 컨테이너에서 무단으로 살았다
구로역 CC카메라탑을 점거하고
광장에서 불법 텐트 생활을 하기도 했다
국회의사당을 두번이나 점거해
퇴거 불응으로 끌려나오기도 했다
전엔 대추리 빈집을 털어 살기도 했지

허가받을 수 없는 인생

그런 내 삶처럼
내 시도 영영 무허가였으면 좋겠다
누구나 들어와 살 수 있는
이 세상 전체가
무허가였으면 좋겠다

우연히 오게 되었지만……
이 세상은 참 아름다운 곳이다.

창비시선 310 송경동 시집 『사소한 물음들에 답함』

외꽃 피었다

꽃과 가시가 한 어원에서 비롯되었다는 글을 읽는 동안
 지금은 다른 몸이 한몸에서 갈라져나온 시간을 생각하는
동안
 꽃을 사랑하는 일은 결국 가시를 품는 것이라는 것을 새
기는 동안

 꽃이 오셨다

어쩌지 못하고 물외처럼 순해지며 아픈 내 마음이며
 줄기와 잎이 가시로 덮였어도 외꽃처럼 고울 그대에 대
한 생각이며
 견디지 못할 것 같았던 몸의 그리움을 마음의 그늘로 염
하는 시간이며

엄마라는 말과 맘마라는 말은 어원이 같을 것이다.
여자가 인격이라면 어머니는 신격이다.

창비시선 311 이대흠 시집 『귀가 서럽다』

배교

색약인 너는 여름의 초록을 불탄 자리로 바라본다

만약 불타는 숲 앞이었다면 여름이 흔들리고 있다고 말
했겠지

소년병은 투구를 안고 있었고 그건 두개골만큼이나 소중
하고

저편이 이편처럼 푸르게 보일까봐 눈을 감는다

나는 벌레 먹은 잎의 가장 황홀한 부분이다

우리는 두 눈과 그것의 정오에서
지상이 없는 것이 되어 만나자.

창비시선 312 조연호 시집 『천문』

붉은 마침표

그래, 잘 견디고 있다
여기 동쪽 바닷가 해송들, 너 있는 서쪽으로 등뼈 굽었다
서해 소나무들도 이쪽으로 목 휘어 있을 거라,
소름 돋아 있을 거라, 믿는다

그쪽 노을빛 우듬지와
이쪽 소나무의 햇살 꼭지를 길게 이으면 하늘이 된다
그 하늘길로, 내 마음 뜨거운 덩어리가 타고 넘는다
송진으로 봉한 맷돌편지는 석양만이 풀어 읽으리라

아느냐?
단 한줄의 문장, 수평선의 붉은 떨림을
혈서는 언제나 마침표부터 찍는다는 것을

시인의
말

사랑의 주소는 자주 바뀌었으나,
사랑의 본적은 늘 같은 자리였다.

창비시선 313 이정록 시집 『정말』

자정에 일어나 앉으며

폭풍 몰아치는 밤

빼꼼히 열린 문이 꽝 하고 닫힐 때

느낄 수 있다

죽은 사람들도 매일밤 집으로 돌아오고 싶어한다는 걸

내 흘러간 사랑도 그러할 것이다

망각의 커튼 뒤에 숨은 흐릿한 그림자가
가끔 그토록 선명할 수 없다.

창비시선 314 정철훈 시집 『뻬쩨르부르그로 가는 마지막 열차』

느린 노래가 지나가는 길

　한방울의 빗방울이 떨어져 산을 녹이고 산길을 녹여서
산의 일부를 파내 길의 일부를 파내 새로운 길이 하나 생겨
나게 하여서 예전에 데리고 내려오던 길을 종종 잃어버리
게 한다 하여 사람들은 따뜻한 삽으로 흙을 떠서 한 사람이
지나가는 길을 잃어버리지 않도록 한다 그 산길의 가지 끝
에 둥지를 올려놓은 새의 말이 오늘은 푸룻푸룻 이기적으
로 흔들리고 할 때 저 멀리서 노인을 꽃가마에 태운 이들이
산길을 올라가면서 느린 노래를 부르며 느린 노래를 몇송
이 떨어뜨려 참나무 진한 잎사귀에 싸서 꽁꽁 묶어놓을 때
꽃그늘 아래 수북이 앉아 있던 키 작은 꽃들의 물음이 저
할아버지는 누구야 바라보다 누군가의 발바닥에 밟혀서 뭉
개져버린 얼굴이 다시 이게 뭐야 고개를 들어서 꽃가마 서
늘하게 지나가버린 길바닥을 환하게 다시 보고 싶어한다

시인의
말

내 나뭇가지의 햇발 속으로
이름 모를 새 한마리 날아와
소란스럽게 울다 가도 좋으리라.

창비시선 316 이기인 시집 『어깨 위로 떨어지는 편지』

뺨의 도둑

　나는 그녀의 분홍 뺨에 난 창을 열고 손을 넣어 자물쇠를 풀고 땅거미와 함께 들어가 가슴을 훔치고 심장을 훔치고 허벅지와 도톰한 아랫배를 훔치고 불두덩을 훔치고 간과 허파를 훔쳤다 허나 날이 새는데도 너무 많이 훔치는 바람에 그만 다 지고 나올 수가 없었다 이번엔 그녀가 나의 붉은 뺨을 열고 들어왔다 봄비처럼 그녀의 손이 쓰윽 들어왔다 나는 두 다리가 모두 풀려 연못물이 되어 그녀의 뺨이나 비추며 고요히 고요히 파문을 기다렸다

시인의
말

어둠은 맑았으나 두터웠다.
그 사람의 연주인 양 더듬더듬
산등성이 아래에서까지 별이, 어둠이 빛났다.

창비시선 317 장석남 시집 『빰에 서쪽을 빛내다』

높새바람같이는

나는 다시 넝마를 두르고 앉아 생각하네

당신과 함께 있으면, 내가 좋아지던 시절이 있었네

내겐 지금 높새바람같이는 잘 걷지 못하는 몸이 하나 있고,

높새바람같이는 살아지지 않는 마음이 하나 있고

문질러도 피 흐르지 않는 생이 하나 있네

이것은 재가 되어가는 파국의 용사들

여전히 전장에 버려진 짐승 같은 진심들

당신은 끝내 치유되지 않고

내 안에서 꼿꼿이 죽어가지만,

나는 다시 넝마를 두르고 앉아 생각하네

당신과 함께라면 내가, 자꾸 내가 좋아지던 시절이 있었네

아직 내게 배달되지 않는 나의 비밀들
터지지 않은 뇌리의 폭탄들
좀처럼 끝장나지 않는 내일들에 의해
종교적으로, 나는 산다.

창비시선 318 이영광 시집 『아픈 천국』

다리

강물이라든지 꽃잎이라든지 연애
그렇게 흘러가는 것들을
애써 붙들어보면
앞자락에 단추 같은 것이 보인다
가는 끝을 말아쥐고 부여잡은 둥긂
그 표면장력이 불끈 맺어놓은 설움에
꽁꽁 달아맨 염원의 실밥

바다로나 흙으로나 기억으로 가다
잠깐 여며보는
그냥…… 지금…… 뭐…… 그런 옷자락들

거기 흠뻑 발 젖은
안간힘의 다리가 보인다

밤하늘이 건져올린 순간들이 어둠의 광주리에 담긴다.

창비시선 319 정복여 시집 『체크무늬 남자』

그믐께

고둥 뿔둑을 먹은 겐지 초저녁 앙앙 아이가 운다

민박집 할매가 배앓이에 즉효라는 양귀비술을 한술 떠와
아이에게 먹이는

생소라 올라오는 밤이다

깨어 있기를 바란다.
하지만 부끄럽게도 내게는 멀다.

창비시선 320 이세기 시집 『언 손』

밤의 공벌레

온 힘을 다해 살아내지 않기로 했다. 꽃이 지는 것을 보고 알았다. 기절하지 않으려고 눈동자를 깜빡였다. 한번으로 부족해 두번 깜빡였다. 너는 긴 인생을 틀린 맞춤법으로 살았고 그건 너의 잘못이 아니었다. 이 삶이 시계라면 나는 바늘을 부러뜨릴 테다. 아무것도 모르는 아이처럼 하염없이 얼음을 지칠 테다. 지칠 때까지 지치고 밥을 먹을 테다. 한그릇이 부족하면 두그릇을 먹는다. 해가 떠오른다. 꽃이 핀다. 두 손으로 얼굴을 가리면 울고 싶은 기분이 든다. 누구에게도 말 못하고 주기도문을 외우는 음독의 시간. 지금이 몇시일까. 왕만두 찐빵이 먹고 싶다. 나발을 불며 지나가는 밤의 공벌레야. 여전히 너도 그늘이구나. 온 힘을 다해 살아내지 않기로 했다. 죽었던 나무가 살아나는 것을 보고 알았다. 틀린 맞춤법을 호주머니에서 꺼냈다. 부끄러움을 기록하기 시작했다.

나는 그 개의 이름을 모른다.
매듭이 이름인 것처럼 목에 걸려 있다.

창비시선 321 이제니 시집 『아마도 아프리카』

봄비

어느날
썩은 내 가슴을
조금 파보았다
흙이 조금 남아 있었다
그 흙에
꽃씨를 심었다

어느날
꽃씨를 심은 내 가슴이
너무 궁금해서
조금 파보려고 하다가
봄비가 와서
그만두었다

세상에는 가도 되는 길이 있고
안 가도 되는 길이 있지만
꼭 가야 하는 길이 있다.

창비시선 322 정호승 시집 『밥값』

어디 갔니

잃어버린 무선전화기를 냉동실에서 찾았어
어느날 내 심장이 서랍에서 발견되고
다리 하나가 책상 뒤에서
잃어버린 눈알이 화분 속에서 발견될지 몰라
나는 내가 무서워
앞마당에 나왔는데 무얼 가지러 나왔는지
도무지 기억나지 않아
괜히 화초에 물이나 주고
시든 잎이나 떼는
그, 짧고도, 긴, 순간
나는 어디로 줄행랑친 걸까
빈집의 적요처럼 서 있는
너, 누구니
내가 혹 나를 찾아오지 못할까봐
환하게 불 켜고 자는 밤
이번 생에 무얼 가지러 왔는지
도, 도무지 기억나지 않아

우리 몸속에도 전자가 돌고 있고
그 회전의 가운데 허공이 존재한다고
건너편에서 '처음처럼'을 들이켜며 열변을 토하고 있는
당신이라는, 시라는, 나 자신이라는 허공을 생각한다.

창비시선 323 김혜수 시집 『이상한 야유회』

부리와 뿌리

바람이 가을을 끌어와 새가 날면
안으로 울리던 나무의 소리는 밖을 향한다
나무의 날개가 돋아날 자리에 푸른 밤이 온다

새의 입김과 나무의 입김이 서로 섞일 때
무거운 구름이 비를 뿌리고
푸른 밤의 눈빛으로 나무는 날개를 단다

새가 나무의 날개를 스칠 때
새의 뿌리가 내릴 자리에서 휘파람 소리가 난다
나무가 바람을 타고 싶듯이 새는 뿌리를 타고 싶다

밤을 새워 새는 나무의 날개에 뿌리를 내리며
하늘로 깊이 떨어진다

개들이 귀뚜라미 소리를
또렷이 깨우는 것을 목격하기도 하였다.

창비시선 324 김명철 시집 『짧게, 카운터펀치』

오후에 피다

너를 기다리는 이 시간
한 아이가 태어나고 한 남자가 임종을 맞고
한 여자가 결혼식을 하고 그러고도 시간은 남아
너는 오지 않고
꽃은 피지 않고
모래시계를 뒤집어놓고 나는 다시 기다리기 시작하고
시간은 힐끗거리며 지나가고
손가락 사이로 새는 모래
아무도 간섭하지 않는 소란스런 시간
찻잔 든 손들은 바삐 오르내리며 의뭉한 눈길을 주고받
으며
그러고도 시간은 남아
생애가 저무는 더딘 오후에
탁자 위 소국 한송이
혼자서 핀다

너무 속속들이 읽지는 마시고
곁눈으로 대강 훑어보시길 부탁드린다.

창비시선 325 권지숙 시집 『오래 들여다본다』

어제

내가 좋아하는 여울을
나보다 더 좋아하는 왜가리에게 넘겨주고
내가 좋아하는 바람을
나보다 더 좋아하는 바람새에게 넘겨주고

나는 무엇인가
놓고 온 것이 있는 것만 같아
자꾸 손바닥을 들여다본다

너가 좋아하는 노을을
너보다 더 좋아하는 구름에게 넘겨주고
너가 좋아하는 들판을
너보다 더 좋아하는 바람에게 넘겨주고

너는 어디엔가
두고 온 것이 있는 것만 같아
자꾸 뒤를 돌아다본다

어디쯤에서 우린 돌아오지 않으려나보다

간절함이 핏속을 도는 바늘처럼 따갑다

창비시선 326 천양희 시집 『나는 가끔 우두커니가 된다』

묘비명

지금 견디는 자는 어깨도 없이 떨고 있는 사람이다
바닥도 없이 주저앉아 흐느끼는 사람이다
푸른 실핏줄 같은 통증이 나를 건너가고
그 끝닿은 곳 무덤으로 가져갈 것은 나 자신밖에 없으리라

시인의
말

당신도 나에게서 돌처럼 굳어질 것인가.

창비시선 327 김태형 시집 『코끼리 주파수』

꿈꾸는 식물

침을 흘렸다 아이는
붉은 벽돌을 갈았다 아이는
그 사이에 낀 이끼를 긁었다 아이는
밥상을 차렸다 아이는
손바닥만 한 그늘 안에서 놀았다 아이는
문은 밖에서 잠겼다 아이는
땅따먹기를 했다 아이는
넓어졌다 아이는
이파리의 뒤척임을 말하지 않았다 아이는
창가 햇빛이 눈부셨다 아이는
목이 말랐다 아이는
개미를 손가락으로 눌러 죽였다 아이는
누구도 물을 주지 않았다 아이는
문고리를 핥았다 아이는
점점 베란다를 기어올랐다 아이는
혼자 자랐다

시인의
말

밤하늘이 개눈처럼 빛난다.
언제나 끝나려는가.

창비시선 328 김윤이 시집 『흑발 소녀의 누드 속에는』

연둣빛까지는 얼마나 먼가

오후 4시 역광을 받고 담벼락에 휘는 그림자는 목이 가
늘고
어깨가 좁다 고아처럼 울먹이는 마음을 데리고
타박타박 들어서는 골목

담장 너머엔 온몸에 눈물을 매단 듯, 반짝이는 대추나무
새잎

저에게 들이친 폭설을 다 건너서야 가까스로 다다랐을
새 빛
대추나무 앙상한 외곽에서 저 연둣빛까지는 얼마나 멀까

잎새 한잎, 침묵의 지문 맨 안쪽 돌기까지는 얼마나 아
득한
깊이일까 글썽이는 수액이 피워올린 그해 첫 연둣빛 불
꽃까지는

흙이 부풀더니 봄이 왔다.
침묵으로부터 반짝반짝 흘러든 소리의 리본,
저기 새다!

창비시선 329 조정인 시집 『장미의 내용』

손목을 부치다

편지를 부친다는 게 손목을 부치고 운다

편지를 쓴다는 게

자서전을 쓰고

운다

세상에, 주소를 쓰면

언제나 제 주소를 쓰고

편지봉투 같은 바지 하나 벗지 못하는 네가

손톱 같은 우표 한장 붙이지 못하는 네가

근이양증(筋異養症), 근이양증…… 편지를 부친다는 게
손목을 부치고 운다

시인의
말

내 피부로 직접 저 햇살 받는 행복!
내 귀로 직접 저 물소리 듣는 기쁨!

창비시선 330 유홍준 시집 『저녁의 슬하』

빗방울은 구두를 신었을까[*]

아직 발굽도 여물지 않은 어린것들이
소란스레 함석지붕에서 놀다가
마당까지 내려와 잘박잘박 논다
징도 박을 수 없는 무른 발들이
물거품을 만들었다가
톡톡 터뜨리다 히히히힝 웃다가
아주까리 이파리에 매달려
또록또록 눈알을 굴리며 논다
마당 그득 동그라미 그리며 논다
놀다가
빼꼼히 지붕을 타고 내려가
방바닥에 받쳐둔 양동이 속으로도 들어가 논다
비스듬히 기운 집 안
신발도 신지 않은 무른 발들이
찰방찰방 뛰며 논다
기우뚱 집 한채
파문에 일렁일렁 논다

* 힐데가르트 볼게무트(Hildegard Wohlgemuth)의 동화 제목.

소를 몰고 어둑발 내리는 길을 걸어
느지감치 집에 돌아와 저녁상에 앉은
아이의 얼굴 같기를

창비시선 331 송진권 시집 『자라는 돌』

부탁

아직도
새 한마리 앉아보지 않은
나뭇가지
나뭇가지
얼마나 많겠는가

외롭다 외롭다 마라

바람에 흔들려보지 않은
나뭇가지
나뭇가지
어디에 있겠는가

괴롭다 괴롭다 마라

오로지 내 몇십년의 백지가 아직까지도 내 교조(敎祖)이다.

창비시선 332 고은 시집 『내 변방은 어디 갔나』

한송이 꽃

이른 봄에 핀
한송이 꽃은
하나의 물음표다

당신도 이렇게
피어 있느냐고
묻는

어두워지기 전에 황홀하고 아름다운 노을이
하늘 가득 펼쳐지는 시간이 올지도 모른다고 생각합니다.

창비시선 333 도종환 시집 『세시에서 다섯시 사이』

뼈가 있는 자화상

오늘은 안개 속에서 뼈가 만져졌다
뼈가 자라났다
머리카락이 되고 나무가 되었다
희미한 경비실이 되자 겨울이 오고
외로운 시선이 생겨났다
나는 단순한 인생을 좋아한다
이목구비는 없어도 좋다
이런 밤에는 거미들을 위해
더 길고 침착한 영혼이 필요해
그것은 오각형의 방인지도 모르고
막 지하로 돌아간
양서류의 생각 같은 것인지도 모르지
또는 먼 곳의 소문들
개들에게는 겨울 내내
선입견이 없었다
은행원들도 신비로운 표정을 지었다
조금 덜 존재하는 밤,
안개 속에서 뼈들이 꿈틀거린다
처음 보는 얼굴이 떠오른다

시인의
말

고개를 든 나에게
가장 가까운 별자리가 있다.
오늘은 그것이
당신이었으면 한다.

창비시선 334 이장욱 시집 『생년월일』

3초 튤립

아무도 눈치채지 못했다
그녀 자신조차도

아주 잠시 동안 그녀는 완벽했다
새의 입속처럼 붉게 젖었다

그녀는 튤립이 된 줄도 모르고
노란 꽃술을 머리에 얹은 채
터질 듯 아름다웠다
섬광이 비쳤다

신맛을 생각할 때처럼
곧 전혀 다른 것이 밀려들어와
빛을 덮었다

사람은 홀로 있을 때 돌연 아름답지만
그 아름다움은 곁에 있음이 잠재된 홀로임을 믿는다.

창비시선 335 이혜미 시집 『보라의 바깥』

장미의 내부

벌레 먹은 꽃잎 몇장만 남은
절름발이 사내는
충혈된 눈 속에서
쪼그리고 우는 여자를 꺼내놓는다

겹겹의 마음을 허벅지처럼 드러내놓고
여자는 가늘게 흔들린다

노을은 덜컹거리고
방 안까지 적조가 번진다

같이 살자
살다 힘들면 그때 도망가라

남자의 텅 빈 눈 속에서
뚝뚝, 꽃잎이 떨어져내린다

시인의
말

몸이 견딜 수 있는 데까지
정신도 견뎠다고 생각한다.

창비시선 336 최금진 시집 『황금을 찾아서』

동경 2

골목에서 거리가 어떻게 높이를 따돌릴 수 있겠어

시인의
말

가장 모호한 단어를 '무엇'과
최초로 연결했을 사람의 손끝을 상상한다.

창비시선 337 최정진 시집 『동경』

옛일

한때 나는, 내가 살던 강마을 언덕에
별정우체국을 내고 싶은 마음 간절했으나

개살구 익는 강가의 아침 안개와
미루나무가 쓸어버린 초저녁 풋별 냄새와
싸락눈이 싸락싸락 치는 차고 긴 밤,

넣을 봉투를 구할 재간이 없어 그만둔 적이 있다

시인의
말

내 방에 들이지 않는 것이 하나 있으니
그것은 바로 거울이다.

나를 온전히 비춰줄 수 있는 것은
오직 내가 쓴 시뿐이므로.

창비시선 338 박성우 시집 『자두나무 정류장』

정읍 장날

아버지, 읍내 나오시면 하굣길 늦은 오후 덕순루 데려가 당신은 보통, 아들은 곱빼기 짜장면 함께 먹습니다 짜장면 먹은 뒤 나란히 오후 6시 7분 출발하는 전북여객 시외버스 타고 집에 옵니다

배부른 중학생, 고개 쑥 빼고 검은 학생모자 꾹 눌러써봅니다

어머니, 읍내 나오시면 시장통 국숫집 데려가 나는 먹었다며 아들 국수 곱빼기 시켜줍니다 국수 먹인 뒤 어머니, 아들에게 전북여객 타고 가라며 정거장으로 밀어냅니다 당신은 걸어가겠답니다

심술난 중학생, 돌멩이 툭툭 차며 어머니 뒤따라 집에 옵니다

시인의
말

돌아갈 생각을 하니 아스라하다.
나는 상처난 시간을 믿기로 한다.

창비시선 339 고광헌 시집 『시간은 무겁다』

하관

이제, 다시는 그 무엇으로도 피어나지 마세요. 지금, 어머니를 심는 중……

시인의
말

방금 나무 베어낸 자리처럼,
손바닥에 닿는 그루터기의
그 축축하고도 서늘한 촉감처럼……

창비시선 340 문인수 시집 『적막 소리』

아침이 오다

　방금 참새가 앉았다 날아간 목련나무 가지가 바르르 떨
린다
　잠시 후 닿아본 적 없는 우주의 따스한 빛이 거기에 머
문다

이 오랜 고독의 시간을 잘 견뎌냈으면 한다.

창비시선 341 이시영 시집 『경찰은 그들을 사람으로 보지 않았다』

산그늘

장에서 돌아온 어머니가 나에게 젖을 물리고 산그늘을
바라본다

가도 가도 그곳인데 나는 냇물처럼 멀리 왔다

해 지고 어두우면 큰 소리로 부르던 나의 노래들

나는 늘 다른 세상으로 가고자 했으나

닿을 수 없는 내 안의 어느 곳에서 기러기처럼 살았다

살다가 외로우면 산그늘을 바라보았다

나는 마치 아침에 산속으로 들어갔다가
저녁에 바닷가로 나오는 바람과 같았다.

창비시선 342 이상국 시집 『뿔을 적시며』

먼 곳

오늘은 이별의 말이 공중에 꽉 차 있다

나는 이별의 말을 한움큼, 한움큼, 호흡한다

먼 곳이 생겨난다

나를 조금조금 밀어내며 먼 곳이 생겨난다

새로 돋은 첫 잎과 그 입술과 부끄러워하는 붉은 뺨과 눈

웃음을 가져가겠다고 했다

대기는 살얼음판 같은 가슴을 세워들고 내 앞을 지나간다

나목은 다 벗고 다 벗고 바위는 돌 그림자의 먹빛을 거느

리고

갈 데 없는 벤치는 종일 누구도 앉힌 적이 없는 몸으로

한곳에 앉아 있다

손은 떨리고 눈언저리는 젖고 말문은 막혔다

모두가 이별을 말할 때

먼 곳은 생겨난다

헤아려 내다볼 수 없는 곳

시인의
말

눈앞의 것에 연연했으나 이제 기다려본다.
되울려오는 것을.

창비시선 343 문태준 시집 『먼 곳』

아무도 살지 않아서 좋았다

번개 친다, 끊어진 길 보인다

당신에게 곧장 이어진 길은 없다
그것이 하늘의 입장이라는 듯

번개 친다, 길들이 쏟아내는 눈물 보인다

나의 각도와 팔꿈치
당신의 기울기와 무릎
당신과 나의 장례를 생각하는 밤

번개 친다, 나는 여전히 내가 아프다
천둥 친다, 나는 여전히 당신이 아프다

번개 친 후 천둥소리엔

사람이 살지 않아서 좋았다

나는 여전히 시가
아름다움에의 기록의지라고 믿는 종족이다.

창비시선 344 김선우 시집 『나의 무한한 혁명에게』

축을 생각한다

강물처럼,이라고 말할 때
끌어올리는 힘도 함께 생각해야 한다
흘러간다,라고 결론짓지만
강물은 어떤 경우에만 흘러서 간다

에스컬레이터의 숨은 절반처럼
어두운 곳에서 끌어올리는 노동이 있다

강은 하구의 뿌리에서 상류의 가지와 잎새까지
역류하는 힘이 강의 뒤쪽에 있다
역류하는 탄생의 힘은 어둠속에 있다

흐릿하고 지리멸렬하고 누락되고
배제되고 재갈 물린 것들이……

축이 되어

시간도 어떤 경우에만 흘러서 간다

다시 태어나는 길밖에 없었다.
그래서 생성만이 실재였지만,
그건 또다른 표류였다.

창비시선 345 백무산 시집 『그 모든 가장자리』

무화과

먹감색의
작은 호수 위로
여름 햇살
싱싱하다
어릴 적엔 햇살이 나무들의 밥인 줄 알았다
수저도 없이 바람에 흔들리며 천천히 맞이하는 나무들의
식사시간이 부러웠다
엄마가 어디 가셨니?
엄마가 어디 가셨니?
별이 초롱초롱한 밤이면
그중의 한 나무가
배고픈 내게 물었다

와온 바다 가는 길에 꽃 많이 피었습니다.

창비시선 346 곽재구 시집 『와온 바다』

물고기

나는 물고기였으니

어머니가 살집을 다 발라내시면 드러나는
잃어버렸던 앙상한 열쇠였으니

물속에서 온몸을 비틀어
물의 금고를 열었던
열쇠의 형상을 한 물고기였으니

금고 속엔 물거품과 백지만 가득했으니

몸속에 꽁꽁 숨겨온 자물통 같은
어머니 자궁 속에 꽂힌,
한 늙은 극작가가 불행 속에 쓴
희극의 첫 막을 열었던 열쇠였으니

그리하여 여기 발밑에 버려진
오래된 극장의 열쇠였으니

여기에 내가 가진 적 있는 당신의 목소리가 있습니다.

창비시선 347 김중일 시집 『아무튼 씨 미안해요』

사람아, 이쯤서

눈이 내렸던가 아득하다 아득히
눈이라도 내렸던가 십년도 더 오래전에 내리던 눈이던가
흰 뼈마디를 풀자면 눈이라도 내려 쌓여야 하는 것인가
앙다문 뼈마디에 꽃잎이라니 오지 않은 꽃잎으로
입춘도 며칠 지나 실없이 웃음 헤퍼지는 뼈마디,
오지 않은 꽃잎 맞이하자면 십년도
더 오래전에 내리던 눈이라도 내려야 하는 것인가
뼈로 뼈를 채우던 긴긴 계절
눈이라도 오라 울었던가
그리하여 이제 경칩 가까이
바람조차 푸수수 가슴 헤쳐놓는 날
그 뼈마디들 완강한 침묵을
내려놓는다 하면 눈이라도
십년도 오래전에 내리던 눈이라도
저 낡은 뼈마디마다 내려 쌓여야 하는 것인가
사람아! 이쯤서 내 뼈마디 풀어야 하는 것인가

한순간 꽃비가 강을 채우기도 했다.

창비시선 348 김윤배 시집 『바람의 등을 보았다』

오필리아

모든 사랑은 익사의 기억을 가지고 있다
흰 종이배처럼
붉은 물 위를 흘러가며
나는 그것을 배웠다

해변으로 떠내려간 심장들이
뜨거운 모래 위에 부드러운 점자로 솟아난다
어느 눈먼 자의 젖은 손가락을 위해

텅 빈 강바닥을 서성이던 사람들이
내게로 와서 먹을 것을 사간다
유리와 밀을 절반씩 빻아 만든 빵

소중한 것을 전부 팔아서 하찮은 것을 마련하는
어리석은 습관을 여전히 버리지 못했다.

창비시선 349 진은영 시집 『훔쳐가는 노래』

풀과 생각

풀은 생각 없이 푸르고 생각 없이 자란다

생각도 아무 때나 자라고 아무 때나 푸르다

그 둘이 고요히 고요히 소슬함에 흔들릴 때

오늘은 웬일인지

소와 말도 생각 없는 풀을 먹고

생각 없이 잘 자란다고

고개를 높이 쳐들고 조용히 부르짖었다

아이는 손가락 힘이 세다.
그리고 손가락으로 집어올린 것들을
입으로 가져간다.
입을 통하여 세상의 사물들에게
말을 걸고 있는 거다.

창비시선 350 이병일 시집 『옆구리의 발견』

일식

오늘 나는
썩은 사과를 먹는 사람

사과 속에 깃든
벌레의 하늘과 땅과
벌레의 과거와 미래를 먹는 사람
벌레의 낮과 밤과
벌레가 피해 다닌 무서운 길들을 먹는 사람
벌레가 그토록 아끼던 희디흰 도화지를 더럽히는 사람
벌레를 파내고
벌레만 제외된 모든 세계를 먹는 사람

사과 한알의 별이 우주 속에서 폭발한 오늘
나는 나의 세계를
둥글게 베어 먹는 거대한 입을 바라본 사람

가도 가도 모르는 사람들 속에서
내가 아는 유일한 사람이 나라는 게 신기했다

창비시선 351 문성해 시집 『입술을 건너간 이름』

매화민박의 평상

네모난 짐승이 매화나무 그늘을 등에 업고 기어간다.
부러진 한쪽 다리를 벽돌로 괴고도 절뚝이지 않는다.
발바닥이 젖어 곰팡이가 피었는데 박박 긁지 않고
마당에 네개의 발자국을 천천히 찍고 있다.
나도 짐승의 널따란 등에 그늘보다 무겁게 엎드린다.
짐승은 매화나무 그늘을 담벼락 쪽으로 밀어낸다.
틀림없이 한곳에 뿌리내리는 법을 배우지 못해
나처럼 숲 속에서 도망쳐 매화민박에 묵었을 짐승.
평상이 되는 줄도 모르고 납작 엎드려 단잠에 들었다.
등허리에 문신처럼 박힌 나이테가 성장을 멈춘 것은
놀러 온, 도망친, 연애하는, 슬픈, 엉덩이 때문은 아니다.
숲을 떠난 나무가 뿌리를 찾기 위해 남겨놓은 증거다.
네모난 짐승이 햇볕을 향해 남몰래 발자국을 뗀다.
네모난 황소 같은 평상이, 평상이 될 것만 같은 나를
단단히 업고 숲 속으로 돌아갈 것 같은 매화민박이다.

시인의
말

목적지가 어디였는지 정말로 기억이 나지 않는데,
나는 다행히 여기까지는 왔다.

창비시선 352 백상웅 시집 『거인을 보았다』

부녀

아르바이트 끝나고 새벽에 들어오는 아이의
추운 발소리를 듣는 애비는 잠결에
귀로 운다

시인의
말

세계는 한시도 곁을 떠나지 않고
나와 동일하게 나이가 들어갔다.

창비시선 353 김주대 시집 『그리움의 넓이』

친정

낮이 가장 긴 날

돌로 눌러놓은 바람

세숫대야 속엔

붕어

네마리

내 발등 위에
한살 난 딸애의 발을 올려놓고
걸음마를 시킨다
앞으로 걷게 하기 위해
한발 한발 뒤로 걸음을 옮긴다

창비시선 354 고영민 시집 『사슴공원에서』

서풍이 되어

내 모든 걸 너에게 바친다
내 말의 뿌리도
내 말의 흙도
내 말의 메마른 가슴도
내 말의 풍요한 사랑도
그 목을 바친다
꽃을 피우지 않고 바람이 되어 바친다
재를 피워 다시 꽃을 바친다

온갖 새들과 벌레들의 울음방에서
하룻밤을 보낸 달의 외박처럼,
이 시들도 새벽을 끌고 어디론가 가리라 믿는다.

창비시선 355 김수복 시집 『외박』

31일, 2분 9초
I was her horse*

농구공이 공중에 머물렀을 때 나는 너의 시점을 잃기 시작한다

담쟁이 잎이 공중에 원을 그렸을 때 나는 너의 인칭을 잃기 시작한다

빗방울이 2분 9초의 그림자에 닿았을 때 나는 너의 시제를 살기 시작한다

너를 영원히 사랑한 적이 있다

* múm의 음악.

시인의
말

다른 밤으로는 열리지 않는 미간의 기후를
한쪽 눈을 붙여주던 10시와 2시 방향 사이를
다 살아볼 수 없다
다시 살아볼 수밖에 없다

창비시선 356 김성대 시집 『사막 식당』

금란시장

좌판의 생선 대가리는
모두 주인을 향하고 있다

꽁지를 천천히 들어봐

꿈의 칠할이 직장 꿈이라는
쌜러리맨들의 넥타이가 참 무겁지

다리 아파 다리 펴고 싶은 의자에
다리 아파 앉고 싶은 사람처럼
염치없이
시 의자에 푹신 앉아보았으나
시를 앉혀보지는 못한 미안한 마음 절감하며
삐꺼덕,

창비시선 357 함민복 시집 『눈물을 자르는 눈꺼풀처럼』

몬떼비데오 광장에서

일요일 아침, 물에 빠져 죽고 싶다는 어린 애인의 품속
에서
　나는 자꾸 눈을 감았다

　만국기가 펄럭이는 술집에서 나라 이름 대기 게임을 하면
　가난한 나라만 떠오르고

　누군가 내 팔뚝을 만지작거릴 때 이상하게 그가 동지처
럼 느껴져

　자주 바뀌던 애인들의 변심 무엇이어도 상관없었다

　멀리 떼 지어 가는 철새들

　눈부시게 흰 아침

　이 세계가 나를 추방하는 방식을 이해해야 할 것만 같은

당신은 기억을 주기 위해
내게 다시 올 것이다.
아니 당신은 곁에 있다.

창비시선 358 주하림 시집 『비벌리힐스의 포르노 배우와 유령들』

절망

꽃들은 왜 하늘을 향해 피는가
그리고 왜 지상에서 죽어가는가

시간을 함부로 소모하고, 견딘다는 것.
몸이 아파 누워 있다 창문을 열어보니
봄이 온 느낌이다.

창비시선 359 김성규 시집 『천국은 언제쯤 망가진 자들을 수거해가나』

소금

내소사를 지났다.
비 오고, 늦가을이다.
낙지들이 수조 속에서
한사코 다리를 비트는
곰소항 어느 횟집 처마 밑에서
비를 피한다.
나갔던 물이 들어온다.
저기가 고창이지요?
아내가 애들을 데리고 집을 나가서요.
슬레이트 지붕 처마 끝에서
떨어진 낙숫물이
튄다.
신발이 젖는다.
생면부지,
전혀 모르는
사내다.

시인의
말

처음처럼 수줍다.

창비시선 360 김용택 시집 『키스를 원하지 않는 입술』

국광(國光)과 정전(停電)

어릴 적 국광 껍질 정말 타개졌는데 '타개지다'라는 말 어디론가 사라지고 내 생애의 껍질로 들어섰다.

저물녘 아이 부르는 소리 들렸다, 아직 날이 어두워지지 않았는데 어두워지는, 한, 오십년 전 골목, 어머니.

시인의
말

17년 만인가. 안녕?

창비시선 361 김정환 시집 『거푸집 연주』

싸락눈

고독은 그늘을 통해 말한다.

어쩌면 그늘에만 겨우 존재하는 것이 생일지도 모른다. 하지만 그늘로 인해 생은 깊어갈 것이다. 고통과 결핍이 그늘의 지층이며 습곡이다.

밤새 눈이 왔다.
말없이 말할 줄 아는, 싸락눈이었다.

이 어둠이, 새벽이 동트기 직전의 미명(未明)이기를 바란다.

창비시선 363 엄원태 시집 『먼 우레처럼 다시 올 것이다』

은행나무

사람 안 들기 시작한 방에 낙엽이 수북하다
나는 밥할 줄 모르고,
낙엽 한줌 쥐여주면 햄버거 한개 주는 세상은 왜 오지
않나
낙엽 한잎 잘 말려서 그녀에게 보내면
없는 나에게 시집도 온다는데
낙엽 주고 밥 달라고 하면 왜 뺨 맞나
낙엽 쓸어담아 은행 가서 낙엽통장 만들어달라 해야겠다
내년에는 이자가 붙어 눈도 펑펑 내리겠지
그러니까 젠장,
이 깔깔한 돈 세상에는
처음부터 기웃거리지도 말아야 하는 것이었다
아직도 낙엽 주워 핸드백에 넣는 네 손 참 곱다
밥 사 먹어라

항상 당신들이 있는 것을 봄으로써
내가 있는 것을 안다

창비시선 364 박형권 시집 『전당포는 항구다』

운장암

풀 비린내 푸릇푸릇한 젊은 스님은
법당 문 열어놓고 어디 가셨나

불러도
불러도
기척이 없다

매애
매애
풀언덕에서 염소가

자기가 잡아먹었다며
똥구멍으로 염주알을 내놓고 있다

시인의
말

시는 추월과 과속이 어려운 느려터진 경기인 것 같다.

창비시선 365 공광규 시집 『담장을 허물다』

비무장지대에서

여기서 북쪽으로 눈을 돌리면
육십년 전에 떠나온
고향 마을이 보인다.

불에 타 허물어진 돌담 곁에
접시꽃 한송이가
빨갛게 피어 있다.

애들아, 다 어디 있니,
밥은 먹었니,
아프지는 않니?

보고 싶구나!

시를 쓴다는 것이 예전이나 지금이나
그 힘든 작업에 비해 소득이 적은 예술이라는 것은
다 아는 사실이지만, 나는 이제껏 불평한 적이 없다.

창비시선 367 민영 시집 『새벽에 눈을 뜨면 가야 할 곳이 있다』

그

저 벼락을 보았느냐
결코 죽지 않을 것처럼 살던 그가
살았던 적이 없는 사람처럼 죽었다

시인의
말

어떻게 하고 싶은 말을 다 하고 살겠는가.

.

창비시선 368 정희성 시집 『그리운 나무』

호구(糊口)

조바심이 입술에 침을 바른다
입을 봉해서, 입술 채로, 그대에게 배달하고 싶다는 거다
목 아래가 다 추신이라는 거다

시인의
말

작심하고 정색하고 싸느랗고 싶지 않았다.

창비시선 369 권혁웅 시집 『애인은 토막 난 순대처럼 운다』

별

나이 들어 눈 어두우니 별이 보인다
반짝반짝 서울 하늘에 별이 보인다

하늘에 별이 보이니
풀과 나무 사이에 별이 보이고
풀과 나무 사이에 별이 보이니
사람들 사이에 별이 보인다

반짝반짝 탁한 하늘에 별이 보인다
눈 밝아 보이지 않던 별이 보인다

얼마 남지 않은 내일에 대한 꿈도 꾸고
내가 사라지고 없을 세상에 대한 꿈도 꾼다.

창비시선 370 신경림 시집 『사진관집 이층』

완력

땅에 묻힌 자가 팔을 내밀듯
피어나는 꽃
아름다운 완력도 시간을 구부리지 못한다
부러지는 손가락처럼
뚝뚝
꽃잎 질 때
누가 저 오월의 반지를 약지에 끼우고
이 들판을 등지리라

겨우 비를 피할 수 있는 이 집에서 나는 살아갈 것이다.

창비시선 371 유병록 시집 『목숨이 두근거릴 때마다』

겨울 여행자

어느날 야윈 눈송이 날리고
그 눈송이에 밀리며 오래 걷다

눈송이마다 노란 무 싹처럼 돋은 외로움으로
주근깨 많은 별들이 생겨나
안으로 별빛 오므린 젖꼭지를 가만히 물고 있다

어둠이 그린 환한 그림 위를 걸으며 돌아보면
눈이 내려 만삭이 되는 발자국들이 따라온다

두고 온 것이 없는 그곳을 향해 마냥 걸으며
나는 비로소 나와 멀어질 수 있을 것 같다
너에게로 가는 길을 찾을 수 있을 것 같다

사랑은 그렇게 걸어 사랑에서 깨어나고
눈송이에 섞여서 날아온 빛 꺼지다, 켜지다

당신을 사랑하지 않았다면 쓸 수 없었을 것이고,
몹시 쓰고 싶지 않았으면 여기까지 못 왔을 것이다.

창비시선 372 황학주 시집 『사랑할 때와 죽을 때』

느닷없이 달이 쉰개쯤 굴러오는

이거 참, 올봄에 내가 겪은 일 중 하나는 한밤중 산에서 들개들을 만난 일, 뜬금없이 매화꽃 소식 궁금해 내원암 오르다가 비탈길 덮쳐오는 시퍼런 불길에 혼비백산, 마른 나뭇잎으로 매달려 떨면서 어릴 적 강아지 걷어찬 죄마저 낱낱이 쏟아낸 것인데

이를 또 어쩌나, 그때부터 밤이 좋아졌으니

내가 캄캄해져야 환해지는 당신 눈매를 떠올리면 느닷없이 소나기 먹구름과 쉰개쯤의 달이 한꺼번에 굴러와 가슴을 무너뜨리는 밤의 비밀을 어떻게 아셨는지, 일찍 핀 산수유며 딱새들이며 모두들 어디가 아픈 듯이 그 속에 앉아서는 넘쳐오는 시냇물 같은 사랑이며 후회에 낯을 씻고 있는 것을 벙어리가 되어 흘러오고 가는 것을

시인의
말

지난 몇년 동안 혼자 지낸 시간이 많았다.

창비시선 375 전동균 시집 『우리처럼 낯선』

공전

나무 둘레에 나이테를 그리며 돌고 있던 나는
한치도 벗어나지 못하고
늙은 성벽이 되었다

열세살, 첫번째 시를 쓴 날을 기억한다.

창비시선 376 정재학 시집 『모음들이 쏟아진다』

겨울 산

크게 울리는 징 속으로 몸 말고 들어가 귀 막고 싶다

시 인 의
말

손가락으로 건드리면
그냥 무너져내려도 좋겠다.

창비시선 378 신미나 시집 『싱고,라고 불렀다』

담양에서

아버지 뼈를 뿌린 강물이
어여 건너가라고
꽝꽝 얼어붙었습니다

그 옛날 젊으나 젊은
당신의 등에 업혀 건너던
냇물입니다

시인의
말

무덤 옆에 지은 시의 초막을 걷고
십년 동안 머물던 일터를 떠났다.
돌이켜보니 애면글면하던 시절이 다 애틋하다.

창비시선 379 손택수 시집 『떠도는 먼지들이 빛난다』

아들과 나란히 밤길을 걸을 땐

아들과 함께 나란히 밤길을 걷다가 기도원 앞 다리께서
서로 눈이 맞아 달처럼 씨익 웃는다. 너의 이마에 맺힌 땀
방울이 안쓰럽다거나 어느새 거칠어진 내 숨소리가 마음
쓰여서만은 아닐 게다. 아마 나란히 걷는 이 밤길이 언젠가
아스라이 멀어져갈 별빛과 이어져 있음을, 그리고 그 새벽
에 차마 나누지 못할 서툰 작별의 말을 미리 웃음으로 삭히
고 있다는 뜻일 게다. 아들과 나란히 밤길을 걸을 땐, 벙어
리인 양, 서로 마주 보며, 많이 웃자.

시인의
말

혼자 있을 때 종종 내 목소리를 들었다.

창비시선 380 이창기 시집 『착한 애인은 없다네』

태양의 열반

다비식을 치른다
태양이 부서지는 찰나
한줌 사리로 남은 땀방울
사물이 빛을 잃은 순간부터
점자를 읽어내려는 사투가 거리를 암울하게 메웠다
어쩌다 눈 한번 감아도 어둠인데
왜 밝은 눈으론 서로를 보지 못했는가
거리를 오가다 몸을 부딪쳐야만
마지못해 인사를 건넬 뿐이다
밤은 낮보다 어둠의 부피가 커서 밤인 것을 추측해본다
이름처럼 제 몸에 달라붙은 어둠을 떼어내려
자신을 더듬더듬 읽어가도
평생 다 읽지 못할, 생소해진 자신

시인의
말

앉은 자리의 따스한 온기로

극락전

처마 밑에 쪼그려
소나기 긋는다.

들어와 노다 가라
금칠갑을 하고 앉아 영감은
얄궂게 눈웃음을 쳐쌓지만

안 본 척하기로 한다.
빗방울에 간들거리는 봉숭아 가는 모가지만 한사코 본다.

텃밭 고추를 솎다 말고
종종걸음으로 쫓아와 빨래를 걷던
옛적 사람 그이의 머릿수건을 생각한다.
부연 빗줄기 너머
젊던 그이.

숨을 조용히 쉽니다.
손발의 힘도 빼고 가만히 있습니다.

창비시선 382 김사인 시집 『어린 당나귀 곁에서』

표현

검붉은 흙길 위에 잎사귀 하나
어찌나 노랗던지 긴 꿈에서 깨어난 것 같다

이곳에 아직 도달하지 못한 별빛처럼
그 한잎 내가 못 보았더라도
거기서 혼자 노랗게 빛났을 것이다

엄마, 난 몇살때 4월이었어?
묻는 아이처럼
이번 4월도 작년 4월도 4월이 아니고
아득한 곳에 4월이 있었다는 듯

검붉은 흙길 위에 잎사귀 하나
내가 이해하지 못할 향기를 저어
멀리멀리 가고 있었다

긴 시간이었지만 사실은 순간이었다.
우린 그 순간을 멍청히 바라보는 관객이었다.

창비시선 383 최정례 시집 『개천은 용의 홈타운』

바람의 연주가

목소리를 잃고 바람 소리만 들렸다
바람의 영역이었고
결을 떠난 소리는 우주를 떠돌았다
아무도 듣지 못한 자신의 목소리가 그리울 때
그는 입술이 휘도록 바람을 불어넣었다
점점 바람이 되어 흩날렸고
누구도 그를 볼 수가 없었다
그는 바람의 목소리를 가질 수 있었다

시인의
말

빗소리 떠다니는 무중력의 세계

창비시선 384 김재근 시집 『무중력 화요일』

주소

내 집은 왜 종점에 있나

늘

안간힘으로
바퀴를 굴려야 겨우 가닿는 꼭대기

그러니 모두
내게서 서둘러 하차하고 만 게 아닌가

시인의
말

낡은 스웨터를 입고 문을 나선다. 따뜻하다.

창비시선 386 박소란 시집『심장에 가까운 말』

사랑초 파란 줄기 속에

겨울 사랑초 줄기 하나에 잎이 하나
사랑초는 한낮 잎에 나와 뛰어놀았다
운동장은 지문만 했다
태양은 그 지문에만 내려주었다
사랑초는 창밖 찬 바람 소리를 듣고
으스스 몸을 떨었다

사랑초의 사랑은 저 실줄기로만 간다
일억 오천만 킬로미터 아래에서
끊어지지 않고 건너간다
말은 인간들만의 것이 아니다
겨울 사랑초 줄기 하나가 잎을 물었다

귀뚜라미가 대곡(代哭)하는 울음상자 하나를 들고
봄은 말들이 사라진 거울 앞에서 다시 서성인다.

창비시선 389 고형렬 시집 『아무도 찾아오지 않는 거울이다』

눈 4

침묵처럼 뚜렷한 살은 없다.
나는 사라질 것이다. 내 살을 문지를 수 있는
방법이 그것밖에 없다. 내 살을 문지르면서
나는 녹는다.

시인의
말

우리는 이미
다음 생을 시작했는지 모릅니다.

창비시선 390 안주철 시집 『다음 생에 할 일들』

잠 깨우는 사람

아이들과 함께 잠들었는데
새벽에 방문을 여닫는 인기척에 깬다.
자면서 한사코 이불을 걷어차는 유구한 역사의 식구들.

죽은 사람의 눈을 감기듯
이불을 덮어주고 간 아내의 손끝이 한없이 부드러워
잠 깨어 다시 일어난다.

일어나 앉아 자는 아이를 보고 있자니
내 눈을 감기고 옷 입혀줄 큰아이가
옹알옹알 잠꼬대를 한다.
뭉텅뭉텅 잘린 말끝에 알았지 아빠? 한다.
잠꼬대를 하는 것도 나의 내력이라
내림병이라도 물려준 양 얼굴이 화끈거린다.

저 눈꺼풀 안의 눈빛이 사탕을 녹여 부은 듯 혼곤하리라.

사람의 말 속에는 어쩔 수 없이 그 사람이 담긴다.

창비시선 392 이현승 시집 『생활이라는 생각』

액자의 주인

그가 나에게 악수를 청해왔다

손목에서 손을 꺼내는 일이
목에서 얼굴을 꺼내는 일이
생각만큼 순조롭지 않았다

그는 초조한 기색이 역력했다
자꾸만 잇몸을 드러내며 웃고 싶어했다

아직 덩어리인데 괜찮으시겠습니까?

나는 할 수 없이 주먹을 내밀었다
얼굴 위로 진흙이 줄줄 흘러내렸다

간신히 안간힘으로 흘러왔다.
그러니까 당신도 오래오래 아팠으면 좋겠다.

창비시선 393 안희연 시집 『너의 슬픔이 끼어들 때』

오프닝

꿈속에서 우리는
징병문서를 들고
나무가 많이 난 언덕으로 걸어가고 있었다
언덕을 넘어가면 성이 있고
성에는 영주가 있었다
영주는 지팡이를 휘둘러 우리를 축복하고
우리를 전쟁터로 보냈다 허나
꿈에서도
전쟁터까지는 도보로 며칠
창을 들고 열을 따라가며

세상을 다 모르고 죽는 일은
나름 멋지다고 생각했다

카드처럼 회전했다 까마귀가
창을 든 병사들 곁에서
빙글빙글

까마귀를 다 모르고 죽는 일도
나름 멋지다고 생각했다

나는 죽은 물결에서 은빛 물고기가 뛰어오르는 것을 보았다.

창비시선 395 박희수 시집 『물고기들의 기적』

음림(霪霖)*

　비 오는 밤, 지렁이는 기어나오지, 온갖 구멍에서 지렁이들은 기어나오지, 느릿느릿 기어나오지, 힘줄도 척추도 없이 기어나오지, 비 오는 밤, 거울 앞에서 빗질을 하면, 어깨 위로 축, 축, 지렁이들은 떨어지지, 떨어져 꿈틀거리지, 비 오는 밤, 비 오는 밤, 사랑을 나누다 우리가 팔뚝만 한 지렁이로 변하는 밤, 서로의 암컷 노릇과 수컷 노릇을 동시에 하는 밤, 우리가 내는 소리로 지룽지룽 끓어오르는 밤, 오, 오, 비 오는 밤, 비 오는 밤, 유리창마다 물 지렁이 기는 밤, 끊어지지 않는, 물어 끊을 수 없는 밤, 지렁이들은 겨나오지, 털구멍마다 겨나오지, 손도 발도 없이 겨나오지, 눈도 코도 없이 겨나오지, 지렁이를 타 넘지 않고는 한발자국도 떼지 못하지, 지렁이를 밟지 않고는, 비 오는 밤, 비 오는 밤, 지렁이들은 부르지, 축축한 흙 속에서 부르지, 축축한 늑골 속에서 부르지, 기일게 부르지, 기일게 잦아들지, 잦아들며 끓어오르지,

---

*어두침침하고 우울하게 내리는 장맛비.

시인의
말

그 길 위에 나는, 한마리 구더기로 있다.
살아 꿈틀거리며

창비시선 396 김언희 시집 『보고 싶은 오빠』

풍경 속의 그늘

　월롱역에서 기차를 타고 신촌까지 오는 동안 눈곱도 안
뗀 어린것의 눈망울 같은 숲을 보았습니다 비탈진 철둑에
떼지어 앉아 붉은 젖을 꺼내던 엉겅퀴들 옥수수밭 고랑을
쏜살같이 내달리는 장끼도 보았습니다 언제 저런 풍경이
내 마음속에 들어와 있었나 깜짝 당혹스러웠으나 모른 체
무릎을 세웠습니다 발목 한쪽을 내준 날을 자리에 깐 이들
은 철길 옆에 쑥갓꽃처럼 흰나비를 데리고 있었습니다 벼
랑에 내몰지 못해 안달했던 날들 덜컹거리며 기차는 달리
고 당신이 보고 싶어 입술에 생긴 물집이 으깨지도록 어금
니를 꽉 깨물었습니다 오래오래 내 곁에 머물 당신께 이별
이 더 많이 적힌 가슴을 오려 보내고 싶었습니다

시인의
말

모두가 겪는 불편한 오늘을 어깨에 두르고
누가 밑불을 틔우는지 별들이 서쪽 하늘에 총총하다.

창비시선 397 이병초 시집 『까치독사』

저편에 던져진 질문들

우리는 시로 쓰는 삶을 믿는 것이 아니라 시를 읽는 삶을 믿는다. 시는 쓰는 일로 기획되고 읽는 일로 완성된다. 이보다 명확하게 시의 위의를 드러내는 입장이 따로 있을 거라고 생각하지 않는다. 시가 읽는 순간마다 새롭게 태어나는 것인 한, 시인이 누려야 할 모든 영광은 독자의 것이어야 한다.

지금까지 우리는 시를 아끼고 사랑한 나머지 해석하고 추궁하는 데 지나치게 많은 노력을 기울여왔는지도 모른다. 그래서 시에 쏟아진 눈부신 찬사들 속에서 도리어 시를 읽는 즐거움을 잃어버렸는지도 모른다. 빛은 아무리 긁어 모아 쌓아도 높이가 없고 아무리 파도 깊이가 없지만, 결국 모든 것을 가능케 한다는 사실을 우리는 자주 잊었다. 이 시집은 시가 그 모든 작업을 대신하는 자리에 있으면서도 그 모든 작업을 넘어선 자리에 있다는 것을 보여줬으면 하는 바람을 모은 것이기도 하다.

창비시선 301번부터 399번까지 각 시집에서 비교적 짧은 호흡으로 따라 읽을 수 있는 시를 골라 특별 선집을 엮었다. (두권의 시집을 낸 시인의 경우 그중 한권만 택함) 이를 두고 단시(短詩)라고 불러도 좋고 한뼘 시나 손바닥 시라고 불러도 좋을 것이다. 애초에 이 시집을 통해 지난 7년간의 시적 성취를 가늠하겠다거나 개별 시인들의 재능을 자랑하겠다는 생각은 없었다. 다만 돌아보거나 돌보는 일마저 물린 자리에서, 그 멈춤과 빈틈에 자연스럽게 스며드는 것이 무엇인지 확인하고 싶은 소망이 있었다. 복잡해진 세계에 견주어 불가피하게 난해해진 시를 읽는 난감함에서 조금이나마 놓여나, 독자들이 가능한 한 여유롭게 시와 마주 앉기를 바라는 마음에서 시작된 것이다. 짧은 시가 쉽다는 뜻이 아니라 가파른 길을 짧게 나눠서 걸어가면 어떨까 하는 기대 말이다.

여기서 시를 그 위의와 더불어 말하는 일은 그만두자. 그것이 틀려서도 충분해서도 아니다. 오히려 시가 기어이 닿아야 할 보람과 마땅히 누려야 할 영광이 거기에 있기 때문이다. 그것은 도무지 돌이켜 족하거나 서둘러 부추길 수 있는 게 아니라, 언제나 알 수 없는 미래 저편에 던져진 질문이기 때문이다.

창비시선 400권을 차곡차곡 쌓으면 성인 두명의 키를 합한 만큼과 엇비슷하다. 그 모습을 삶의 높이나 깊이를 생각하는 일로 돌려놓지 말고, 그저 울퉁불퉁한 실루엣으로 일어서는 사람 둘을 상상하는 일로 남겨두자. 그때 우리는 비록 알 수 없는 곳을 향하여 걸어가더라도 그들이 더는 외롭지 않을 것이라는, 조금은 기묘한 예감에 사로잡히지 않겠는가.

2016년 7월
신용목

| 작품 출전 |

나희덕 • 「기억한다, 그러나」, 『야생사과』, 2009. 5(창비시선 301)

문동만 • 「그네」, 『그네』, 2009. 5(창비시선 302)

강성은 • 「백년 동안의 휴식」, 『구두를 신고 잠이 들었다』, 2009. 6
    (창비시선 303)

이선영 • 「봄이 아프다」, 『포도알이 남기는 미래』, 2009. 7
    (창비시선 304)

박후기 • 「사랑」, 『내 귀는 거짓말을 사랑한다』, 2009. 8
    (창비시선 305)

안현미 • 「뢴트겐 사진」, 『이별의 재구성』, 2009. 9(창비시선 306)

최두석 • 「가시연꽃」, 『투구꽃』, 2009. 10(창비시선 307)

남진우 • 「꿀벌치기의 노래」, 『사랑의 어두운 저편』, 2009. 11
    (창비시선 308)

이문숙 • 「태풍은 북상 중」, 『한 발짝을 옮기는 동안』, 2009. 12
    (창비시선 309)

송경동 • 「무허가」, 『사소한 물음들에 답함』, 2009. 12(창비시선 310)

이대흠 • 「외꽃 피었다」, 『귀가 서럽다』, 2010. 1(창비시선 311)

조연호 • 「배교」, 『천문』, 2010. 2(창비시선 312)

이정록 • 「붉은 마침표」, 『정말』, 2010. 3(창비시선 313)

정철훈 • 「자정에 일어나 앉으며」, 『뻬쩨르부르그로 가는 마지막 열차』, 2010. 4(창비시선 314)

이기인 • 「느린 노래가 지나가는 길」, 『어깨 위로 떨어지는 편지』, 2010. 6(창비시선 316)

장석남 • 「뺨의 도둑」, 『뺨에 서쪽을 빛내다』, 2010. 8(창비시선 317)

이영광 • 「높새바람같이는」, 『아픈 천국』, 2010. 8(창비시선 318)

정복여 • 「다리」, 『체크무늬 남자』, 2010. 9(창비시선 319)

이세기 • 「그믐께」, 『언 손』, 2010. 9(창비시선 320)

이제니 • 「밤의 공벌레」, 『아마도 아프리카』, 2010. 10(창비시선 321)

정호승 • 「봄비」, 『밥값』, 2010. 11(창비시선 322)

김혜수 • 「어디 갔니」, 『이상한 야유회』, 2010. 11(창비시선 323)

김명철 • 「부리와 뿌리」, 『짧게, 카운터펀치』, 2010. 12(창비시선 324)

권지숙 • 「오후에 피다」, 『오래 들여다본다』, 2010. 12(창비시선 325)

천양희 • 「어제」, 『나는 가끔 우두커니가 된다』, 2011. 1
(창비시선 326)

김태형 • 「묘비명」, 『코끼리 주파수』, 2011. 2(창비시선 327)

김윤이 • 「꿈꾸는 식물」, 『흑발 소녀의 누드 속에는』, 2011. 3
(창비시선 328)

조정인 • 「연둣빛까지는 얼마나 먼가」, 『장미의 내용』, 2011. 4
(창비시선 329)

유홍준 • 「손목을 부치다」, 『저녁의 슬하』, 2011. 5(창비시선 330)

송진권 • 「빗방울은 구두를 신었을까」, 『자라는 돌』, 2011. 6
　　　(창비시선 331)

고　은 • 「부탁」, 『내 변방은 어디 갔나』, 2011. 7(창비시선 332)

도종환 • 「한송이 꽃」, 『세시에서 다섯시 사이』, 2011. 7
　　　(창비시선 333)

이장욱 • 「뼈가 있는 자화상」, 『생년월일』, 2011. 8(창비시선 334)

이혜미 • 「3초 튤립」, 『보라의 바깥』, 2011. 9(창비시선 335)

최금진 • 「장미의 내부」, 『황금을 찾아서』, 2011. 10(창비시선 336)

최정진 • 「동경 2」, 『동경』, 2011. 11(창비시선 337)

박성우 • 「옛일」, 『자두나무 정류장』, 2011. 11(창비시선 338)

고광헌 • 「정읍 장날」, 『시간은 무겁다』, 2011. 12(창비시선 339)

문인수 • 「하관」, 『적막 소리』, 2012. 1(창비시선 340)

이시영 • 「아침이 오다」, 『경찰은 그들을 사람으로 보지 않았다』,
　　　2012. 2(창비시선 341)

이상국 • 「산그늘」, 『뿔을 적시며』, 2012. 2(창비시선 342)

문태준 • 「먼 곳」, 『먼 곳』, 2012. 2(창비시선 343)

김선우 • 「아무도 살지 않아서 좋았다」, 『나의 무한한 혁명에게』,
　　　2012. 3(창비시선 344)

백무산 • 「축을 생각한다」, 『그 모든 가장자리』, 2012. 3
　　　(창비시선 345)

곽재구 • 「무화과」, 『와온 바다』, 2012. 4(창비시선 346)

김중일 • 「물고기」, 『아무튼 씨 미안해요』, 2012. 4(창비시선 347)

김윤배 •「사람아, 이쯤서」,『바람의 등을 보았다』, 2012. 6
(창비시선 348)

진은영 •「오필리아」,『훔쳐가는 노래』, 2012. 8(창비시선 349)

이병일 •「풀과 생각」,『옆구리의 발견』, 2012. 8(창비시선 350)

문성해 •「일식」,『입술을 건너간 이름』, 2012. 9(창비시선 351)

백상웅 •「매화민박의 평상」,『거인을 보았다』, 2012. 11
(창비시선 352)

김주대 •「부녀」,『그리움의 넓이』, 2012. 11(창비시선 353)

고영민 •「친정」,『사슴공원에서』, 2012. 11(창비시선 354)

김수복 •「서풍이 되어」,『외박』, 2012. 12(창비시선 355)

김성대 •「31일, 2분 9초」,『사막 식당』, 2013. 2(창비시선 356)

함민복 •「금란시장」,『눈물을 자르는 눈꺼풀처럼』, 2013. 2
(창비시선 357)

주하림 •「몬떼비데오 광장에서」,『비벌리힐스의 포르노 배우
와 유령들』, 2013. 3(창비시선 358)

김성규 •「절망」,『천국은 언제쯤 망가진 자들을 수거해가나』,
2013. 3(창비시선 359)

김용택 •「소금」,『키스를 원하지 않는 입술』, 2013. 4(창비시선 360)

김정환 •「국광(國光)과 정전(停電)」,『거푸집 연주』, 2013. 5
(창비시선 361)

엄원태 •「싸락눈」,『먼 우레처럼 다시 올 것이다』, 2013. 7
(창비시선 363)

박형권 • 「은행나무」, 『전당포는 항구다』, 2013. 7(창비시선 364)

공광규 • 「운장암」, 『담장을 허물다』, 2013. 8(창비시선 365)

민 영 • 「비무장지대에서」, 『새벽에 눈을 뜨면 가야 할 곳이 있다』, 2013. 9(창비시선 367)

정희성 • 「그」, 『그리운 나무』, 2013. 10(창비시선 368)

권혁웅 • 「호구(糊口)」, 『애인은 토막 난 순대처럼 운다』, 2013. 10(창비시선 369)

신경림 • 「별」, 『사진관집 이층』, 2014. 1(창비시선 370)

유병록 • 「완력」, 『목숨이 두근거릴 때마다』, 2014. 2(창비시선 371)

황학주 • 「겨울 여행자」, 『사랑할 때와 죽을 때』, 2014. 3(창비시선 372)

전동균 • 「느닷없이 달이 쉰개쯤 굴러오는」, 『우리처럼 낯선』, 2014. 6(창비시선 375)

정재학 • 「공전」, 『모음들이 쏟아진다』, 2014. 7(창비시선 376)

신미나 • 「겨울 산」, 『싱고,라고 불렀다』, 2014. 9(창비시선 378)

손택수 • 「담양에서」, 『떠도는 먼지들이 빛난다』, 2014. 9(창비시선 379)

이창기 • 「아들과 나란히 밤길을 걸을 땐」, 『착한 애인은 없다네』, 2014. 10(창비시선 380)

김희업 • 「태양의 열반」, 『비의 목록』, 2014. 11(창비시선 381)

김사인 • 「극락전」, 『어린 당나귀 곁에서』, 2015. 1(창비시선 382)

최정례 • 「표현」, 『개천은 용의 홈타운』, 2015. 2(창비시선 383)

김재근 • 「바람의 연주가」, 『무중력 화요일』, 2015. 3(창비시선 384)

박소란 • 「주소」, 『심장에 가까운 말』, 2015. 4(창비시선 386)

고형렬 • 「사랑초 파란 줄기 속에」, 『아무도 찾아오지 않는 거울
이다』, 2015. 5(창비시선 389)

안주철 • 「눈 4」, 『다음 생에 할 일들』, 2015. 6(창비시선 390)

이현승 • 「잠 깨우는 사람」, 『생활이라는 생각』, 2015. 9
(창비시선 392)

안희연 • 「액자의 주인」, 『너의 슬픔이 끼어들 때』, 2015. 9
(창비시선 393)

박희수 • 「오프닝」, 『물고기들의 기적』, 2016. 3
(창비시선 395)

김언희 • 「음림(霪霖)」, 『보고 싶은 오빠』, 2016. 4(창비시선 396)

이병초 • 「풍경 속의 그늘」, 『까치독사』, 2016. 4(창비시선 397)